Little Ben

„Liebst du das Leben?
Dann vergeude keine Zeit, denn daraus besteht das
Leben"

Benjamin Franklin

Bibliografische Information der Deutschen National-bibliothek:
Die Deutsche Nationalbibliothek verzeichnet diese Publikation in der Deutschen Nationalbibliografie; detaillierte bibliografische Daten sind im Internet über http://dnb.dnb.de abrufbar.

Herstellung und Verlag: BoD – Books on Demand, Norderstedt

ISBN: 978-3-7481-1115-3

Patrick Zarske

Little Ben

Eine Schlechte-Nacht-Geschichte

Kapitel I

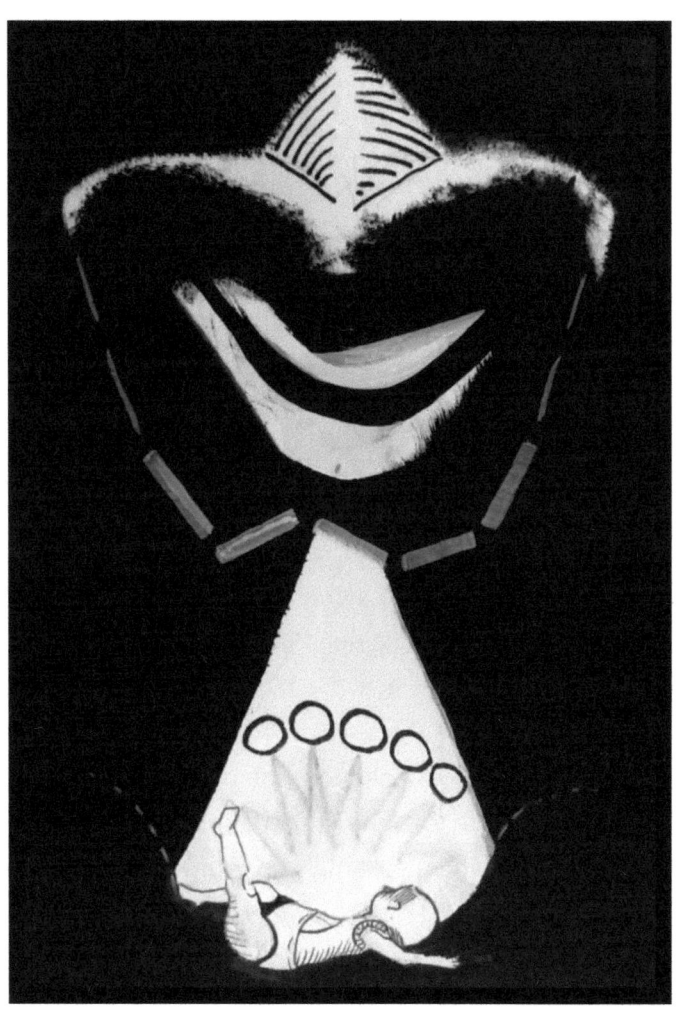

Der erste Schrei! Luft durchdringt die Lunge und das Leben außerhalb der wohlig warmen Bauchhöhle beginnt. Ein Schnitt durch Kollagen und Hyaluronen – so brutal und doch so natürlich - trennt das kleine Herz vom Großen. Die Nabelschnur, die die intensivste Verbindung zwischen Mutter und Kind für 40 lange Wochen war, wurde gekappt. Doch nicht wie üblich vom Vater. Den gibt es nicht. Also biologisch schon, nur liegt der bereits eingebettet in einen Eichensarg sechs Fuß tiefer, in feiner Gesellschaft von jedmöglichem Getier, das angelockt vom süßlichen, lieblichen Duft in freudiger Erwartung sein Heim verlässt, um sich am reichhaltigen Buffet die Bäuche vollzuschlagen. Eigentlich war das nicht der Plan, den Olivia und Ben verfolgten, als sich die beiden im Studium kennen und lieben gelernt haben. Alles sollte – ganz ihren Persönlichkeiten entsprechend – geordnet und nach Zeitplan ablaufen: Das Studium beenden, eine gemeinsame Wohnung beziehen, die Karriereleiter emporklimmen, Eigentum erwerben und schließlich den Stammbaum erweitern.

Eins nach dem anderen und unter keinen Umständen Chaos kreieren! Denn mit Chaos konnten beide nicht umgehen.

Ben war auf den ersten Blick ein langweiliger Typ. Aalglatt, ohne Ecken und Kanten. Der wenige Bartwuchs beschränkte sich auf einen Oberlippenbart und etwas sprießendes Haar am Kinn, das allerdings nie jemand zu Gesicht bekam. Täglich rasierte er sich mit einer übertriebenen Menge Rasierschaum, sodass er mit einer Haut, weich gleich einem Babygesicht, in den Tag startete.

Er trug nur Levis Jeans, die meist etwas zu kurz waren, sodass seine Socken, stets passend zum Outfit, immer zu sehen waren. Setzte er sich, blendeten seine weißen, unbehaarten Beine jeden, der zufällig hinsah. Und doch strahlte er etwas aus, auf das Olivia ansprang. Es war diese Ernsthaftigkeit, die er im Gegensatz zu den Mitkommilitonen nach außen trug. Zu Beginn des ersten Semesters besuchte Olivia noch eine dieser Studentenpartys und war erschüttert, wie ungehemmt die zukünftigen Personaler und Controller sich benahmen.

In alkoholgeschwängerter Atmosphäre wurde getanzt, gefeiert und gekotzt, nur um im Anschluss an diesen würdelosen Akt des Erbrechens wieder von vorne zu beginnen. Körperflüssigkeiten, nasse Küsse und zu guter Letzt die Würde wechselten im Schutz des pulsierenden Neonlichts, getragen von kitschigen Popsongs, ihre sich unbekannten Besitzer. In diesem Käfig der Zügellosigkeit strahlte Ben hervor. Zuvorkommend, kontrolliert und erhaben stand er an der Seite und betrachtete das bunte Treiben. Das war der Moment, in dem Olivia eine gewisse Zuneigung und Achtung ihm gegenüber verspürte, die sich kurze Zeit später als die große Liebe entpuppte.

Und so wurden die beiden noch während des Studiums ein Paar. Das Zusammenleben lief nach einem festen Schema ab. Dies mag verstörend wirken, doch für die Beiden bedeutete dies Orientierung, in einer schnelllebigen, chaotischen Welt. Am Montag ging er mit seinen Freunden zum Golf und am Freitagabend hatten sie Sex. Der Samstagmorgen wurde mit Vollkornmüsli und Spiegeleiern eingeläutet. Anschließend waren die Einkäufe dran. Die Ausgaben wurden akribisch bis auf den letzten Cent durch zwei geteilt. Zu Beginn ihrer Beziehung schreckte Olivia das ab. Wer erwartet schon, dass der potentielle neue Liebhaber die Subway-Rechnung beim ersten Date teilt? Aber diese Augen! Dank ihnen konnte sie über jede Marotte hinwegsehen. Diese türkisgrünen Augen, die von einem Hauch kastanienbraun durchzogen wurden. Und so kam es, dass sie sich seine Gewohnheiten aneignete. Aus tiefer, wohlwollender, inniger Liebe.

Der Plan ging auf. Doch das Leben sollte den beiden einen dicken, fetten Strich durch die Rechnung machen. Sie beendeten die Studienzeit mit einem überdurchschnittlich guten Abschluss. Die Jobsuche erwies sich als einfach, denn beide waren auf dem Arbeitsmarkt gefragt. Die Zweiraumwohnung in der Hauptstadt kündigten sie und es folgte ein kleines Reihenhaus am Stadtrand. Der Traum vom Bauen war begraben, denn trotz der guten Zinslage schien ihnen das Risiko einer hohen Verschuldung zu hoch. Sie waren Sicherheitsmenschen. Kein Risiko eingehen. Keine unerwarteten Überraschungen. Unaufregend und langweilig, aber dafür ein geordnetes Leben in festen Bahnen. Nichts dem Zufall überlassen.

Ungefähr ein halbes Jahr, nachdem Olivia und Ben ihr Haus bezogen hatten, wurde ihre kleine, sichere Welt erschüttert. Denn trotz des regelmäßigen Freitagssex, wollte es mit dem Baby nicht klappen. Das war das erste Mal, dass etwas nicht nach Plan funktionierte. Somit wurde der Sonntag als zweiter Sextag eingeführt und nach einem weiteren halben Jahr dann auch der Mittwoch. Vielleicht war es Zufall, göttliche Fügung oder schlicht und ergreifend der zusätzliche Mittwoch, aber kurz vor Weihnachten blieb Olivias Periode aus.

Ben war überaus erleichtert, hatte ihn diese unkontrollierbare Situation gehörig zu schaffen gemacht. Doch die zwei Streifen auf dem Test brachten das Gleichgewicht zurück.

Er hatte wieder die Kontrolle.

Das Kinderzimmer wurde ausgebaut und der Krippenplatz reserviert. Der alte Mitsubishi kam auf den Schrottplatz und ein dunkelblauer VW Caddy mit der Aufschrift „Baby an Bord" parkte nun in der Einfahrt. Alles war perfekt vorbereitet für die Ankunft des neuen Familienmitgliedes.

Kapitel II

Der Tod ist ein altes, hässliches Gemälde, das in den Tiefen des Kellers, weit hinten im dunkelsten Eck verborgen liegt. In jungen Jahren versteckt es sich hinter alten Kommoden, Lampen und Kisten. Wenn das Rad des Lebens sich zu drehen beginnt, weiß man nicht, dass dieses Gemälde existiert. Es kommt der Zeitpunkt, an dem man sich dessen Existenz bewusst wird, ohne sich jedoch nennenswert dafür zu interessieren. Doch je länger das Rad sich dreht, desto mehr verschwinden die verstaubten Dinge, die es versperren und man erkennt unweigerlich wieder die vergessene Hässlichkeit, die dort vom ersten Herzschlag an gelauert hat.

Ben und Olivia interessierten sich noch überhaupt nicht für dieses Gemälde. Sie kamen nicht einmal auf die Idee, daran zu denken, wenngleich sie natürlich wussten, dass es zum Vorschein kommen würde. Irgendwann. In vielen, vielen Jahren. Doch Bens Keller war bereits entrümpelt. Sein schwarzes Kunstwerk namens „TOD" hatte den Staub abgeworfen und erstrahlte in düsterer Vollkommenheit.

Einen Tag bevor Ben aus dem Leben gerissen wurde, saßen beide zum Abendessen am Esstisch. Olivia musste den Stuhl weit nach hinten rutschen, um mit ihrem immensen Bauch an den Tisch zu passen. Der Weg der Gabel – von Teller zum Mund – war bedeutend länger als gewohnt, weshalb Teile ihres Mac & Cheese auf ihrem prallen Dekolleté landeten.

„Magst du mein Essen nicht?", fragte Ben lächelnd, als er sah, wie das Essen von der Gabel fiel. *„Du kannst es mir ruhig sagen. Ich vertrag das, Schätzelein."*

„Jetzt mach dich nicht über mich lustig, ich fühl mich sowieso schon wie behindert", antwortete Olivia und pfriemelte einzelne Nudeln von Haut und Shirt.

Bens Hand wanderte zu ihrer Linken und umfasste sie zärtlich. *„Ich liebe dich, Olivia. Auch wenn du das ganze gute Essen auf deinem Shirt verteilst. Ich liebe dich."*

Er sah ihr in die Augen, die plötzlich freut wurden. *„Sag mal, weinst du jetzt?"*

„*Ach, das sind die Hormone*", sagte Olivia kichernd und wischte sich die Augen trocken. „*Du müsstest doch mittlerweile wissen, wie ich drauf bin.*"

Ben lächelte sie weiterhin an und drückte ihre Hand etwas fester.

„*Mein kleines Hormonmonster*", sagte er liebevoll und zwinkerte ihr zu.

Olivia setzte einen künstlich wirkenden Schmollblick auf. „*Du bist doof.*"

„*Ist nicht heute Jahrmarkt in der Stadt?*" fragte Olivia, nachdem Ben den Tisch abgeräumt hatte.

„*Ja ist er. Hinter Carlos Pizza auf der Wiese, wo letztes Jahr diese Schafherde stand. Weißt du noch?*"

Olivia nickte. „*Die waren so süß!*"

Bens Blick wanderte zur Uhr.

„*Sag bloß, du willst jetzt noch dort hin? Es ist bald sieben. Ich glaube nicht, dass dort noch viel los ist.*"

„*Etwas Bewegung würde mir schon noch gut tun. Außerdem möchte ich Popcorn*", antwortete Olivia entschlossen.

„*Popcorn?*" fragte Ben erstaunt. „*Nach diesem üppigen Essen? Wobei, die Hälfte ist eh in deinem Ausschnitt gelandet.*" Er überlegte. „*Na gut, lass uns einen kleinen Spaziergang machen und sehen, ob der Jahrmarkt noch geöffnet hat. Aber zieh deine Weste an. Ich will nicht, dass du krank wirst.*"

Olivia erwiderte nichts, sondern lächelte in sich hinein. Es war rührend, wie er sich um sie kümmerte, auch wenn er sie manchmal wie ein Kind behandelte.

Arm in Arm wie zwei verliebte Teenies, schlenderten sie an diesem wunderschönen Septemberabend zum Jahrmarkt, während Bens Uhr tickte! Tick Tack! Tick...

„*Sieh mal*" sagte Olivia und deutete nach rechts. „*Siehst du die Lichter? Das ist doch ein Riesenrad, oder?*"

„*Ja ich glaube schon. Aber bitte sag nicht, dass du da drauf möchtest. Diese Teile sind alles andere als sicher. Ich habe mal eine Studie gelesen, die besagt…*".

Olivia legte sanft ihre Hand auf seinen Mund. „*Psst, Mr. Sicherheitsmann! Das will ich gar nicht hören. Wenn du nicht mit mir drauf gehst, dann muss ich eben alleine gehen. Ich hoffe nur, dass ich dort oben nicht wieder Kreislaufprobleme bekomme. Du weißt ja wie das mit der Schwangerschaft so ist. Nicht, dass ich kopfüber nach unten…"*

„Ich habe schon verstanden, Liebling! Dann begleite ich dich eben."

Je näher sie dem Jahrmarkt und somit dem Riesenrad kamen, desto mulmiger wurde Ben. Sein Magen rebellierte und die Hände wurden feucht. Sein Hirn arbeitete, kramte alles hervor, was er über Rummelplätze und deren Attraktionen gelesen oder gehört hatte. Er beobachtete die Männer, die an den einzelnen Ständen arbeiteten. Die Schießbude, an der Jugendliche Plastikblumen für ihre Herzdamen schossen. Die Losbude mit den großen Plüschtieren, an denen halbstarke Jungs ihr ganzes Taschengeld herauswarfen, um ihren Mädchen den Riesenpanda zu losen und somit hoffentlich ihr Herz erobern zu können. Der Geruch von gebrannten Mandeln und frischem Popcorn, gepaart mit der lieblichen Melodie des Kettenkarussells, an dem Ben und Olivia gerade vorbeiliefen, ließ sie vollends in die bunte, kitschige Welt des Jahrmarkts eintauchen.

Das alles hatte seinen ganz eigenen Charme, das musste Ben zugeben.

„Irgendwann laufen wir mit unserem Sohn hier entlang", sagte Olivia verträumt und Ben spürte, wie sie ihn etwas zu sich heranzog.

Sie erreichten das Riesenrad und als Ben am Fuße dieses blinkenden Ungetüms stand, begannen seine Knie zu zittern. Es ragte hochhinaus und berührte den ergrauten Herbsthimmel.

Olivias Augen funkelten, während sie verträumt nach oben schaute. *„Vielleicht können wir von dort oben unser Haus sehen?"*

„Ja, vielleicht", sagte Ben mit hoher Stimme. Die Aufregung war ihm deutlich anzumerken. Doch Olivia war gefangen in der romantischen Aura des bunten Metallkonstrukts.

Ein kleiner, rundlicher, volltätowierter Mann mit Goldkettchen auf der beharrten Brust saß in dem beengten Häuschen und nahm aus Bens zitternder Hand das Geld entgegen.

„Gute Fahrt!", sagte er routiniert. Ben konnte in der Ecke des Häuschens eine offene Bierflasche sehen, was ihm überhaupt nicht gefiel. Er analysierte die Tattoos und entdeckte am Hals zwei Pfeile, die verdächtig nach der SS-Rune aussahen.

„Ich fühl mich nicht wohl dabei", sagte er, als sie in einen rosafarbenen Wagen stiegen, der bedrohlich wackelte.

„Entspann dich, Ben. Es ist alles gut. Manchmal muss man seine Ängste überwinden und ich freue mich, dass du das für mich tust." Olivia gab ihm einen Kuss auf die Wange. Sie saßen nebeneinander und als sich das Rad zu bewegen begann, krallten sich seine Hände am Geländer fest. Olivia hatte ihre Hand auf seinem zappelnden Bein und streichelte es sanft.

Als ihr Wagen am höchsten Punkt angekommen war, blieb das Rad stehen und gab einen atemberaubenden Blick über die Stadt preis. Mittlerweile dämmerte es und die Abendsonne war dabei, hinter dem Horizont zu verschwinden. Der kühle Wind zerzauste Olivias blondes Haar.

„Ben, mach die Augen auf. Du musst das sehen."

„Oh mein Gott!", antwortete er und verkrampfte sich, als er sah, in welch schwindelerregender

Höhe sie nun angelangt waren. „*Ich kann nicht! Das…das ist…Oh Gott... ist das hoch.*"

Als es wieder nach unten ging, beruhigte Ben sich wieder etwas. Sein Bein hörte auf zu zappeln und er öffnete die Augen. Runde zwei schaffte er dann deutlich entspannter und als sie in der dritten Runde wieder oben stehen blieben, wagte er sogar einen Blick über die Dächer der Stadt.

„*Wow*", sagte er. „*Das ist ja wirklich beeindruckend.*"

„*Sag ich doch! Es ist wunderschön. Sieh mal dort, das State Hospital. Dort werden wir bald sein. Vielleicht sehen wir von da aus die blinkenden Lichter des Riesenrads, während wir unseren kleinen Schatz im Arm halten. Ach Ben, ich liebe dich so sehr!*"

Da waren sie wieder, die Hormone einer Schwangeren. Ben war sogar imstande zu lächeln. Er legte seinen Arm um Olivia und drückte sie leicht zu sich.

„*Danke, mein Schatz! Danke, dass du mich dazu überredet hast.*"

Und während sie sich küssten, setzte sich das Rad wieder in Bewegung. Olivia und Ben kehrten auf den Boden der Realität zurück.

Es war dieser Kuss, wie aus einem Film, an den sich Olivia nach Bens Tod klammerte. Von dem sie zehrte und aus dem sie Kraft schöpfte. Es hätte schöner nicht sein können. Es war, als hätte das Schicksal in weiser Voraussicht auf das nahende Drama ein Fünkchen Mitleid mit den beiden gehabt und ihnen am Ende ihres gemeinsamen Weges diesen Kuss in luftiger Höhe geschenkt.

Olivia und Ben schlenderten weiter über den Markt. Mittlerweile war auch die Sonne verschwunden und die bunten Blinklichter erstrahlten von allen Seiten.

„Jetzt eine Runde Popcorn!", sagte Olivia entschlossen und steuerte auf den hell erleuchteten Süßwarenwagen zu. Ein freundlich dreinblickender großer hagerer Mann in schwarzem Hemd lächelte sie an.

Wie viele Zähne kann ein Mensch haben, war das Erste, das Ben dachte, als er den Verkäufer sah.

Und tatsächlich bleckte er ihnen auffällig viele gelbe Zähne entgegen.

„Was darf's denn sein?", fragte er Olivia und betrachtete dabei völlig ungeniert ihren Bauch. Ben konnte sehen, wie die Blicke seiner Frau über die Masse an Süßigkeiten sausten.

Bevor Olivia antworten konnte, sprach er weiter. *„Vielleicht einen kandierten Apfel für den edlen Ritter?"*, dabei schaute er zu Ben, *„und eine Zuckerperlenkette für diese…"*. Er stockte kurz, lächelte und fuhr weiter: *„…für diese wunderschöne Perle hier?"*

Olivia errötete und Ben wusste auch nicht so recht, wie er mit dieser plumpen Anmache umgehen sollte.

„Ich denke…", begann Ben, doch der hagere Verkäufer unterbrach ihn.

„ICH denke, dass diese wunderschöne Dame Popcorn möchte. Ja, da bin ich mir fast sicher. Ich mache meinen Job nun schon sehr lange und ich weiß, was meine Kunden möchten. Popcorn! Habe ich recht?"

„Da haben sie verdammt recht!", sagte Olivia überschwänglich. Sie grinste über beide Ohren, war

doch die letzte offensichtliche Anmache schon einige Zeit her. Und auch wenn dieser Mann so gar nicht ihr Typ war, so freute sie sich dennoch darüber.

Bei Ben hingegen klingelten die Alarmglocken. Er mochte es nicht, wie dieser Typ seine Frau ansah. Wie er ihren Bauch begutachtete und sie zudem umgarnte. Außerdem hatte er Ben unterbrochen, bevor er sagen konnte, was Olivia gerne hätte. Denn er hatte auch gewusst, dass seine Frau Popcorn wollte. Nur war der Verkäufer schneller. Es war ein Machtkampf, das hatte Ben schnell begriffen.

„Eine Tüte Popcorn, wusste ich's doch. Meine Sinne trügen mich nie, müssen Sie wissen. Und da Sie für zwei essen" - wieder dieser Blick auf den Bauch - *„möchten Sie sicher die große Tüte, richtig?"*

„Das Größte, das sie haben!", antwortete Olivia, ohne zu merken, wie angespannt Ben diese Situation beobachtete.

„Bei mir gibt's nur Großes", antwortete der Verkäufer und blinzelte ihr zu.

Das war zu viel für Ben. *„Los, machen sie schon! Wir wollen hier nicht ewig rumstehen."*

„Ben!", platzte es aus Olivia heraus. *„Was ist los mit dir?"*

„Genau Ben! Was ist los?" fragte der Verkäufer und sein Lächeln erlosch.

„Tut…Tut mir leid" stammelte Ben. *„Nun geben Sie mir schon das Popcorn, denn wir wollen wirklich weiter. Nichts für ungut."*

Und als wäre ein Schalter umgelegt worden, schnappte das Lächeln des Verkäufers wieder nach oben. *„Bitte schön meine Dame. Lassen sie es sich schmecken. Bis zum nächsten Mal."*

„Scheiß auf das nächste Mal", murmelte Ben, als sie sich umdrehten und gingen.

Wieder schnaubte Olivia. *„Ben, was ist denn los mit dir? Ich kenne dich gar nicht so eifersüchtig."*

„Das ist es nicht" antwortete er. *„Mit dem stimmt was nicht. Du hast seine Blicke nicht gesehen. Wie er dich angeschaut hat. Und hast du seine Zähne gesehen? Scheiße, der sah aus wie ein Haifisch."*

„Jetzt übertreib nicht Schatz. Ich fand ihn nett."

„Nett? Jeffrey Dahmer war auch nett, bis er die Hirne seine Opfer verspeist hat. Zumindest war er so nett, dass er seine Opfer betäubt hat. Ganz netter Kerl, findest du nicht auch?"

Olivia musste lachen und auch Ben beruhigte sich wieder. „Sorry, Schatz. Ich wollte dir nicht die Stimmung vermiesen."

„Hast du nicht! Es war ein toller Abend. Aber mir tut der Rücken weh. Ich glaube, das war doch etwas zu viel für mich. Wollen wir nach Hause gehen?"

„Soll ich dich tragen?", fragte Ben und posierte in bester Supermann-Manier. Olivia zog die Augenbraue nach oben.

„Du schaffst doch gerade mal meinen Oberschenkel."

„Ja, da könntest du recht haben."

Beide hakten sich ineinander ein und gingen zurück. Hinter ihnen erloschen die Lichter des Süßwarenwagens, etwa zwei Stunden früher als gewöhnlich.

Kapitel III

Rückblickend war es für Olivia der perfekte Abend gewesen. Und es hätte auch alles so perfekt weitergehen können, wäre Ben an diesem Montag, einen Tag nach dem Jahrmarktsbesuch, wie immer zu seinem Golftraining gegangen. Es gab noch nie einen Grund für ihn, das Training ausfallen zu lassen. Gerade die Herbstsaison hatte einen besonderen Reiz, weshalb er und seine Kollegen das Ausklingen der Saison besonders genossen.

„Wenn man einmal mit dem Schludern anfängt, wird man es immer wieder tun", sagte er regelmäßig. Dass man jedoch bei einem Mal schludern gleich dem lieben Herrgott die Hand schütteln würde, hätte aber auch er nicht erwartet.

Es war Nachmittag, draußen regnete es leicht und Olivia stand in der Küche und bereitete sich einen Kamillentee.

„Ich glaube, ich kann heute nicht zum Golf."

Olivia zuckte zusammen und verschüttete etwas von ihrem Tee. *„Mensch Ben, hast du mich jetzt erschreckt. Warum schleichst du dich so von hinten an?"*

„Sorry, war keine Absicht. Ich weiß nicht, ich fühl mich nicht gut heute. Ich glaube, ich leg mich frühzeitig hin. Kannst du mir auch noch so einen Tee machen?"

„Bist du dir sicher? Kein Golf heute? Nicht, dass sich der Schlendrian bei dir einschleicht", sagte Olivia lächelnd und schlürfte etwas von ihrem heißen Tee.

„Ach, ich weiß auch nicht. Du hast ja Recht. Vielleicht sollte ich doch gehen. Aber ich bin total müde heute. Vielleicht habe ich mir was eingefangen." Ben fuhr sich mit seinen Händen über das Gesicht und Olivia merkte, wie er grübelte.

„Es war ja schon kühl gestern auf dem Riesenrad", brummte er durch seine Hände hindurch.

Die Aussicht auf eine Erkältung, so kurz vor der Geburt ihres gemeinsamen Sohnes, war für Olivia alles andere als verlockend. Sie kannte die „Männergrippe" von Freunden nur zu gut und sie hatten schlaflose Nächte und kräftezehrende Tage vor sich. Da brauchte sie kein zweites pflegebedürftiges Kind zu Hause.

„Ist doch in Ordnung, Ben. Leg dich nach oben. Ich mach' dir noch einen leckeren heißen Tee und bring' ihn dir gleich hoch."

Olivia streichelte ihrem Mann die Schulter. *„Danke, Maus. Du bist halt die Beste."*

„Natürlich bin ich das. Und jetzt ab nach oben."

Die Tatsache, dass Olivia ihren Ehemann nicht zum Golf überredete, obwohl er durchaus darüber nachdachte, machte sie fertig. Ein einziges Wort von ihr, er wäre gegangen und hätte überlebt. Wie eine kaputte Schallplatte, drehten sich ihre Gedanken fortlaufend um dieses letzte Gespräch. Beim Aufstehen, beim Wickeln, unter der Dusche, beim Kochen und ganz besonders beim Einschlafen.

Immer und immer wieder rieb sich dieser Gedanke an ihrem Hirn und verursachte einen chronisch lähmenden Schmerz. Was waren ihre letzten Worte an ihn gewesen? Ab nach oben. Als hätte sie mit einem kleinen Jungen statt einem erwachsenen Abteilungsleiter mit einem Jahreseinkommen von 70.000 Pfund gesprochen.

Olivia hörte Bens schlurfenden Schritte auf dem Parkettboden, die knarzenden Stufen der Holztreppe, die unter seinem Gewicht ächzten und dann das leise Poltern seiner Schritte über ihr.

Sie drückte den Knopf des Wasserkochers und blickte wartend aus dem Küchenfenster.

„Die Scheiben müssten geputzt werden", dachte sie, als sie die trüben Stellen sah. Draußen lief Kev, der Nachbarsjunge mit einem Luftballon in der einen und Zuckerwatte in der anderen Hand vorbei. Er war gerade auf dem Heimweg vom Jahrmarkt und sprang mit seinen Turnschuhen in die Pfützen.

„Deine Mama wird sich freuen", dachte Olivia lächelnd und realisierte dabei wieder einmal, dass auch sie bald Mama sein würde. Ihre Hand fuhr über ihren Bauch und streichelte die große Wölbung. Sie spürte nun sehr deutlich die Tritte. Der kleine Mann war wach.

Braungelbe Blätter tanzten über den nassen Asphalt. Die Sonne stand tief. Mrs. Margle, eine alleinstehende nette Frau Mitte fünfzig, hing gerade ihre Wäsche auf. Sie blickte in Richtung

Olivia, die sofort das Bedürfnis hatte zu grüßen. Doch Mrs. Margle konnte sie hinter dem spiegelnden Fenster nicht sehen.

Olivia mochte den Herbst. Ein letztes Aufbäumen der Natur, bevor sie von Schnee und Eis eingenommen wird. Eine Jahreszeit, nicht so hart wie der Winter, sondern immer noch farbenfroh und lebendig, aber mit einem Hauch von Melancholie. Sie freute sich bereits darauf, mit Ben und dem Baby durch den Park zu laufen.

Sie muss ihren Kaschmirpullover aus dem Keller holen, denn diesen würde sie dann anziehen. Das würde sie gleich machen, wenn Ben eingeschlafen war. Als sie sah, wie der Wind über die Straße fegte, begann sie zu frösteln. Bei dem Wetter hätte er sowieso nicht golfen können. Doch insgeheim wusste sie, dass das nicht stimmte.

Olivia stand noch immer am Fenster, versunken in Gedanken, und lauschte dem stetig ansteigenden Rauschen des Wasserkochers, als ein dumpfer, aber lauter Schlag sie aus ihrem verträumten Zustand riss.

„Ben?" rief sie laut. *„Alles gut?"*

Keine Antwort. Vielleicht hatte er sie nicht gehört. Aber dieser Schlag.

Sie probierte es nochmal. *„Ben, alles okay bei dir?"*

Wieder Stille. Selbst das kochende Wasser rauschte nicht mehr, als würde es ebenfalls gespannt lauschen, ob sich hier nicht vielleicht eine herzzerreißende Tragödie ankündigte. Olivia eilte ohne Tee die Treppen hinauf. Man könnte meinen, sie hätte ihn vergessen, aber in Wirklichkeit wusste ein Teil von ihr, dass er ihn nicht mehr brauchen würde. Ihr Herz pulsierte wie der Bass auf diesen lange zurückliegenden Studentenpartys, als sie die Schlafzimmertür aufriss und Ben am Boden liegen sah.

Ein Schrei, aus den Tiefen ihrer Eingeweide, schoss nach oben und blieb im Halse stecken. Mit weit aufgerissenem Mund stand sie da, die Hände über das Gesicht geschlagen, und brachte nicht mehr als ein Gurgeln heraus.

Seine Shorts, die wie immer farblich zu seinen Socken passten, hing an den Knöcheln und war völlig verdreht. Sein Pyjama Oberteil hatte er bereits an, als er beim Anziehen seiner Unterhose das Gleichgewicht verloren haben muss und mit dem Kopf mit voller Wucht gegen die Heizung prallte. In völlig verquerer Richtung zu seinem restlichen Körper streckte sich Hals und Kopf wider der Natur erschreckend weit zur Seite. Sein weißer Hintern ragte nach oben wie die Zugspitze und in einem kurzen Moment des Schocks, der Panik, kam ihr der Gedanke, dass hier eigentlich ein Fähnchen gut ins Loch passen würde. Wie auf dem Golfrasen. Ein Schlag und zack – eingelocht. Sie schüttelte sich, angeekelt von ihren eigenen Gedanken. Der Schrei, der in ihrer Kehle festsaß, lockerte sich und brach schlussendlich aus ihr heraus. Olivia verfiel in panisches Schreien und Weinen. Ben hingegen starrte sie mit seinen immer noch wunderschönen Augen an, die nun jedoch mit einer Prise Überraschung geschmückt waren. So hat sich ihr durchgeplanter, voll organisierter Ben seinen Abgang mit Nichten vorgestellt.

Später erzählte sie allen, er sei kreislaufbedingt umgefallen, denn sie wollte nicht, dass er als jemand in Erinnerung blieb, der beim Versuch, sich seine Unterhose hochzuziehen, ins Straucheln kam und sein kostbares Leben an einem Heizkörper beendete.

Die Organisation der Beerdigung übernahm ihre Schwester Anna, eine etwas mollige, aber hübsche junge Frau Anfang 30. Olivia war außer Stande, sich um irgendetwas zu kümmern, zu tief saß der Schock über den tragischen Verlust ihres lieben Ehemannes. Zudem war sie hochschwanger und der Kleine konnte jederzeit zur Welt kommen. Der Zeitpunkt zum Abtreten war ungünstiger denn je, aber wer kann so etwas schon planen? Nicht mal Ben war dazu imstande gewesen.

Während ihr Ehemann bei Sallys Bestattungsunternehmen auf dem Tisch lag, nackt wie Gott ihn schuf, und von Mrs. Sally gewaschen wurde - Mr. Sally hatte, sehr zum Leidwesen seiner Frau, den Whisky nun schon tagsüber für sich entdeckt – platzte Olivias Fruchtblase.

Einer geht, einer kommt – die beiden hätten sich beinahe noch abklatschen können. Olivia blieb zwei Tage im Krankenhaus. Ihre Schwester Anna kümmerte sich um die Organisation der Beerdigung. Die St. Andrew Church war voll bis zum Anschlag. Wenn ein junger Mensch stirbt, ist das Interesse der Schaulustigen hoch. Mehr Tränen, mehr Drama – eine gelungene Abwechslung im tristen Alltag. Somit waren nicht nur Freunde und Familie anwesend, sondern auch Menschen, die sie nicht kannte.

Im Anschluss an die Bestattung, an die sich Olivia kaum mehr erinnern konnte, fand zuhause der Leichenschmaus mit wenigen geladenen Gästen statt. Hauptsächlich Familie und Freunde aus dem Golfclub. Josh erzählte, dass das Golfen letzten Mittwoch ausgefallen war und sie alle im Clubhaus bei einem Bier zusammensaßen. Somit hätte Ben bei diesem Wetter gar nicht spielen müssen. Er hätte zusammen mit seinen Freunden einfach etwas trinken können. Aber nein, er musste auf die glorreiche Idee kommen, dieses eine Mal mit Abwesenheit zu glänzen. Man konnte noch so viel im Leben planen, wenn es einen in die Knie zwingen wollte, dann tat es das auch. Und Ben stand nicht wieder auf. Er durfte nie seinen Sohn kennenlernen, der zwei Tage nach dem Tod seines Vaters das Licht dieser ungerechten Welt erblickte. Und dieser Schrei, dieser erste Schrei nach Leben aus dem Mund seines Sohnes sollte ihm somit verwehrt bleiben.

Es war die Hebamme, Mrs. Sander, die die Nabelschnur durchschnitt. Und am Kopfende, auf Höhe Olivias hochrotem Gesicht, saß nicht Ben, sondern ihre Schwester Anna, die in die von roten, mit geplatzten Äderchen durchzogenen Augen ihrer emotional gebrochenen kleinen Schwester sah. Anna und Olivia waren schon immer „partner in crime", selbst in ihrer Kindheit. Bevor sie mit Ben zusammen kam, telefonierten sie fast täglich, sprachen über jede Menge Frauenkram, tranken am Mittag Kaffee und am Abend Gin Tonic. Sie unterstützten sich gegenseitig, standen einander mit Rat und Tat zu Seite. Anna konnte in den Augen ihrer kleinen Schwester Freude, Trauer und Angst erkennen. Die Freude über diesen ersten Schrei, der noch Jahrzehnte nachhallen würde. Die Trauer über den Ehemann, der nun unter der Erde vor sich hinschimmelte und diesen Moment, diesen so wichtigen Augenblick, verpasste. Und Angst über die Zukunft. Bisher – und das wusste Anna – hatte sich Ben um alles gekümmert. Er war der Organisator und der Strippenzieher zu Hause. Er hielt das Rad am Laufen. Nun war Olivia alleine mit all den Aufgaben des Alltags, alleine mit ihrem

Baby, das die gleichen grünbraunen Augen seines Vaters besaß.

„Es wird alles gut, Livi", sagte Anna beruhigend und streichelte ihr die verschwitzte Stirn.

„Ich bin für dich da, egal was kommt!"

Olivia nickte, und für einen Moment fühlte sie sich geborgen. Livi wurde sie von ihrer Schwester seit Jahren nicht mehr genannt. Es war ihr Spitzname aus der Kindheit, den Anna in diesem Moment hervorgekramt hatte. Wahrscheinlich nicht einmal bewusst. Sie waren wieder wie Kinder. Die eine tröstete die andere, nachdem diese vom Rad gefallen war.

Kapitel IV

Ich bin für dich da, egal was kommt. Diese Worte kamen ihr kurz nach der Entlassung aus dem Krankenhaus in den Sinn, als sie mitten in der Nacht in ihrem Bett zu Hause aufschrak. Auf der grün schimmernden Digitalanzeige konnte Olivia 02:47 Uhr lesen. Little Ben würde erst gegen fünf Uhr wieder aufwachen. Er hatte einen festen Zeitplan, an den er sich hielt. Genau wie Ben Senior.

Olivia saß im Bett. Sie war nach oben geschossen, wie in einem dieser Horrorfilme, die sie nie mit Ben sehen konnte. Auch wenn er ein ganzer Mann war, der sie vor alles und jedem in Schutz nahm, so waren Horrorfilme doch eine Nummer zu viel für ihn. Er war einfach zu sensibel. Er hatte Angst. Wahrscheinlich war das auch der Grund für seinen Sicherheitswahn. Die Angst vor Sachen, die man nicht beeinflussen kann, zwang ihn dazu, die Kontrolle zu behalten.

Unsicher blickte Olivia sich in der Dunkelheit um. Sie konnte die Umrisse des Zimmers erkennen. Der Kleiderschrank, die Kommode, der schwarze Rahmen des Fernsehers. Links in der Ecke lauert der Kleiderständer, den sie schon so manche Nacht für einen Bruchteil einer Sekunde für einen ungebetenen Besucher hielt. Doch dieses Mal war es anders. Der Schreck, den Alpträume normalerweise verursachen, wich nicht. Er blieb in ihren Knochen haften, wie das eingefrorene Standbild am Handy. Egal welchen Knopf man drückte, es blieb bestehen.

Olivia blickte nach links zum Beistellbett, in dem Ben Junior leise atmete. Der Mund war leicht geöffnet, denn er hatte sich in den letzten Tagen einen Schnupfen geholt und so fiel ihm das Atmen durch die Nase schwer. Olivia spürte, wie Schweißperlen sanft den Hals in Richtung Brust hinunterliefen. Ihre Hand glitt über das Kissen, das völlig durchnässt war. Wieder schweifte ihr Blick durch das Schattenkabinett ihres Schlafzimmers. Sie wusste nicht, was sie so erschreckt hatte, doch sie wünschte sich, Ben wäre hier. Zum ersten Mal nach seinem Tod – sie hatte noch nicht wirklich mit dem Trauern beginnen können, denn Ben Junior beanspruchte all ihre Energie – fühlte sie Panik, weil ihr Mann nicht da war. Wenn sie die Nachttischlampe anmachte, dann würde der Kleine aufwachen. Das wollte sie nicht riskieren, denn das würde seinen Schlaf-

und Stillrhythmus durcheinander bringen. Also setzte sie sich aufrecht, angelehnt an die Hochkante des Futonbettes und suchte weiter den Raum ab. Dann bemerkte sie, wie die Gänsehaut über ihren Körper kroch wie eine Horde kleiner Spinnen.

Die kleinen Härchen stellten sich auf wie aus dem Boden schießende Erdmännchen. Neben ihr das leise, rasselnde Atmen von Ben Junior, dessen kleiner Körper wohl stärker mit einer Erkältung kämpfet, als Olivia angenommen hatte. Nach und nach verließen ihre Sinne den Raum und konzentrierten sich nur auf den Kleinen.

Einatmen, Ausatmen... Einatmen, Ausatmen. Der Brustkorb hob und senkte sich. Ein... Aus...

Sie merkte, wie ihr Körper nach und nach herunterfuhr und ihre Augen bleiern wurden. Und dann schlief sie wieder ein.

Olivia und ihr Mann Ben sind wieder vereint. Zumindest in dem Zustand des Tiefschlafes, in dem sie sich wieder befindet.

>>Meine Livi<<, hört sie ihn sagen. Er tanzt um sie herum. Er umgarnt sie. Seine Hände berühren ihren

fülligen Körper. Er berührt ihre Brüste und umgreift die Hüfte. Sein Mund streichelt ihr den Hals und Livi steht einfach nur da und lässt ihn gewähren. Sie sind wieder vereint. Olivia und Ben, zwei sich liebende Menschen, die das ganze Leben noch vor sich haben.

Sie schließt die Augen und sie riecht ihn. Dieser süßlich maskuline Duft, der aus seinen Poren strömt und ihr die Sinne betäubt. Sie fängt an sich zu bewegen und er steigt mit ein.

Und sie vereinen sich. Wie früher. Zwei tanzende Liebende, die dem Schicksal trotzen.

Sie hört seinen Atem. Ganz nah bei ihr. Er kitzelt in ihrem Ohr. Sie versteht ihn nicht, denn er ist zu leise.

„Auhie"

Sie lächelt, denn sie hat verstanden.

„Ausziehen", das ist es, was er von ihr will. Sie lässt die Träger ihres Kleides von der Schulter gleiten und wartet auf ein weiteres Kommando.

>>Auhie<<

Er wird lauter, aber sie versteht ihn immer noch nicht deutlich. Ihre Hand krabbelt nach oben, um seine Haare zu packen und bleibt an seinem deformierten

Genick hängen. Dort ragt etwas heraus, das eigentlich dort nicht sei sollte. Und dann fällt das Gesicht, das sie eben noch geküsst hat, in sich zusammen. Diese wunderschönen Augen, die sie so schmerzlich vermisst, kippen nach hinten in die Tiefen der Augenhöhlen.

„Aussshieeee"

Während er sie anschreit, kommen ihr seine Zähne entgegen. Sie purzeln ihm aus dem Mund wie eine Handvoll Popcorn. Nun spürt sie seinen Griff an ihren Schultern und riecht seinen Atem. Es ist der Geruch von Vergängnis. Und da weiß Olivia was hier passiert. Er stirbt vor ihren Augen. Er verwest, während er versucht, ihr noch etwas zu sagen. Er öffnet wieder den Mund und seine Zunge, schwarz wie die Nacht, klappt heraus.

Olivia schreit!

Wo war sie? Panik schlug ihr ins Gesicht. Verwirrung benebelte sie. Olivia spürt das weiche Laken unter sich und begriff, dass sie in ihrem Bett lag. Ihr Kopf schoss zur Seite und ihre Hand tastete etwas ruppig nach Ben Junior. Er war noch da! Warum sollte er auch nicht da sein? Doch da war sie wieder, die Panik. Jetzt war ihr auch der Still-Rhythmus egal. Die Finger suchten den Schalter der Nachttischlampe und zitternd drückte sie den Knopf. Das warme Licht flutete den Raum und ließ den Traum in den Hintergrund rücken – die Nervosität aber blieb.

Ben lag friedlich neben ihr. Er atmete tief und schwer. Fast schon röchelnd stieß er Laute aus.

>>Auhie<<

Da war es wieder. Es kam von Ben Junior. Er atmete ein und wieder aus.

>> Raushie<<

Nun konnte Olivia es deutlicher hören. Der kleine Brustkorb hob sich und beim Absenken stieß er zwei Worte heraus. Dieses Mal verstand sie es klar und deutlich. Diese zwei Worte ließen ihr das Blut in den Adern gefrieren.

„Raus hier"

„Raus HIER!"

Die Stimme schwoll an, die Lippen blieben bewegungslos. Und jetzt bemerkte sie, dass er die Augen geöffnet hatte. Waren sie schon offen, als sie das Licht anknipste? Sie wusste es nicht.

>>RAUS HIER<<

Jetzt presste Little Ben die Worte aus seiner offenen Mundhöhle heraus, wie aus einem Presslufthammer.

>>RAUS HIER!<<

>>RAUS HIIIIEER<<

Sie packte ihn an der Schulter, drückte ihm, so vorsichtig es in dieser Situation ging, in die Backe. Doch seine Augen blieben starr. Es schien, als schliefe er mit geöffneten Augen.

Seine kleinen unschuldigen Finger arbeiteten. Kneteten wie wild und verkrampften sich schließlich im Bettlaken.

Der Rest des kleinen Körpers blieb ruhig liegen.

>>RAAAUUUSS HIIIIEEEEER<<

Das war zu viel! Olivia sprang aus dem Bett, schnappte sich Little Ben und rannte aus dem Zimmer. Adrenalin schoss ihr durch den zitternden Körper und es grenzte an ein Wunder, dass sie das Baby nicht fallen ließ.

Mit der Faust schlug sie im Vorbeihasten auf den Lichtschalter und die LED-Glühbirnen erhellten das bedrohliche Dunkel. Panisch suchte sie die Autoschlüssel. Wo hatte sie die verdammten Schlüssel gestern hingelegt? Am Haken bei der Haustür hingen sie nicht. Ben Junior hing über ihre Schulter und schrie. Es war das einfache Schreien eines Babys, das aus dem Schlaf gerissen wurde. Die Autoschlüssel lagen neben der Kaffeemaschine. Mit der freien Hand krallte sie sich diese und rannte zur Tür.

Plötzlich ein leises Klicken und die Dunkelheit kam zurück. Olivia blieb erstarrt stehen. Und schon spürte sie eine Hand auf ihrer Schulter. Der Griff war fest und schmerzhaft. Sie drehte sich um, schlug mit der freien Hand, die nur den Schlüssel hielt um sich. Dann, wie aus dem Nichts, traf sie ein Schlag in die Magengrube. Olivia sackte zusammen, ohne ihr Baby fallen zu lassen. Little Ben schrie und schlug wild um sich, während sie ihn krampfhaft und wahrscheinlich viel zu fest umklammerte.

Dann hörte sie eine Stimme.

„Hallo, liebe Olivia! Wir beide werden uns jetzt etwas vergnügen. Aber sei mir nicht böse, dass ich dazu gerne etwas Ruhe habe. Ich mag einfach keine Babys."

Sie kannte die Stimme, doch das Adrenalin, das durch ihren Körper flutete, hinderte sie daran, klar zu denken. Als sie merkte, wie aus der Dunkelheit heraus etwas an Little Ben zerrte, erwachte in ihr die Kraft, die nur eine Mutter in Gefahr entfachen kann.

„NEIN", schrie sie die Dunkelheit an und schlug, mit dem Schlüssel in der Hand, in Richtung der Stimme. Der Schlag war hart und kräftig. Und er kam wohl für den fremden Besucher ebenfalls überraschend. Er schrie auf und sie hörte, wie er nach hinten fiel.

„Mein Auge!", schrie er. „Du verdammtes Miststück hast mein Auge getroffen."

Olivia hörte nicht hin. Sie rappelte sich auf und rannte zur Tür, hinaus in die Nacht.

Nur mit einem Nachthemd bekleidet, öffnete sie die Autotür, stieg ein und drückte auf den Knopf für die Verriegelung. Ihre Hände zitterten, als sie versuchte, den Schlüssel ins Loch zu stecken. Aber sie war in Sicherheit. Baby Ben lag neben ihr auf dem Beifahrersitz. Dicke Tränen liefen ihm das Gesicht hinunter und die Augen waren gerötet.

„Weg, einfach nur weg", dachte sie, als sie das Gaspedal durchtrat und mit quietschenden Reifen davonfuhr. Sie blickte nicht zurück. Sie blickte nicht in den Spiegel. Ihre Augen waren auf die von den Straßenlaternen beleuchtete Straße gerichtet. Doch ein Blick zum Haus hätte genügt, um den Schatten zu sehen, der ihr aus dem Wohnzimmerfenster nachstarrte. Und durch einen Blick in den Rückspiegel hätte Olivia gesehen, wie dieser Schatten sich ein Haus weiter in Richtung Mrs. Margles fortbewegte, angeschlagen und frustriert, dass seine Beute entkommen war. Aber noch immer durch und durch böse.

Als Olivia das Gefühl hatte, weit genug von ihrem Haus entfernt zu sein, stoppte sie den Wagen am Straßenrand. Ben war durch das Schaukeln des Autos und des Motorgeräusch wieder eingeschlafen, als sei nicht passiert.

Sie wählte den Notruf und begann zu weinen.

Kapitel V

Anna und reichte ihr den Telefonhörer. „Livi, Chief Harper ist dran. Er möchte dich sprechen." Olivia saß auf der Veranda ihrer Schwester und drückte ihre Zigarette aus. Sie hatte seit der Highschool Zeit nicht mehr geraucht, aber es waren harte Zeiten. Warum sollte man sich Gedanken machen, ob die Glimmstengel das frühe Grab bedeuten, wenn das Leben doch sowieso machte, was es wollte. Am Abend ihrer Flucht vor drei Tagen nahm Anna sie mitten in der Nacht auf. Die Polizei durchsuchte das Haus, fand aber niemanden mehr vor. Olivia machte ihre Aussage auf dem Präsidium, konnte jedoch nicht viel zur Aufklärung beisteuern. Der Mann, der sie in der Nacht heimsuchte, war von Dunkelheit umgeben. Und die Stimme… Sie konnte sich nicht erinnern, wie sie klang, wusste jedoch, dass sie ihr bekannt vorgekommen war. Doch so sehr sie sich auch anstrengte, sie kam nicht darauf, woher. Es machte sie verrückt, denn wenn sie den Mann kannte, dann hat er sich Olivia sicher ganz bewusst als Ziel ausgesucht. Wer sagt, dass er nicht wiederkommen würde? Sie wusste, dass Ben ihr dann nicht mehr helfen konnte. In ihrem Traum war er am Sterben. Sein

Geist war am Sterben, hielt sich aber noch in einer Art Zwischenwelt auf – nur mit dem Ziel, seine Familie zu schützen. Doch nun war er genau so tot wie alle anderen auf dem Friedhof auch. Er hatte seine Aufgabe erfüllt. Er hatte sie warnen können. Es klang so verrückt, so surreal und doch hatte sie keinen Zweifel daran. Olivia war nicht abergläubisch, aber sie hatte es mit eigenen Augen gesehen und gehört. Doch sie behielt es für sich. Auch wenn Anna sie nicht für verrückt halten würde, so wollte sie sie nicht mit so einer Geschichte belasten. Olivia blieb, wie auch schon bei der Polizei dabei, dass sie aus dem Wohnzimmer Geräusche gehört hatte und sofort an einen Einbrecher denken musste. Was dann augenscheinlich ja auch der Fall war.

„Livi? Chief Harper!"

Olivia nahm den Hörer zur Hand. *„Hallo Chief. Haben sie Neuigkeiten für mich?"*

„Hi Olivia, ja in der Tat. Aber leider keine Guten. Wir gehen davon aus, dass der Einbrecher, nachdem sie fliehen konnten, in der selben Nacht zu ihrer Nachbarin Mrs. Margle gegangen ist. Ich muss Ihnen leider mitteilen, dass sie tot ist."

Anna blickte besorgt, denn sie hörte, wie ihre Schwester laut schluckte, nur um sich gleich darauf wieder eine Zigarette anzuzünden.

„Olivia, sind sie noch dran?"

„Ja Chief. Ja, ich bin noch dran. Was ist passiert?"

„Es tut mir leid, aber sie müssen noch einmal aufs Präsidium kommen. Wir ermitteln nun in einem Mord. Da sieht die Sache anders aus. Ich möchte hier nicht am Telefon zu sehr ins Detail..."

„Was ist passiert?", unterbrach ihn Olivia in einem fordernden Ton.

„Bitte Olivia, kommen sie..."

„Chief! Ich komme nirgendwo hin, ehe sie mir nicht gesagt haben, was mit Mrs. Margles geschehen ist. Was hat dieser Drecksack mit ihr gemacht?"

Olivia hörte Chief Harper atmen. Er dachte nach.

„Okay, sie wurde vergewaltigt. Und anschießend... hat er ihr..."

„Hat er was?" Olivia wurde ungeduldig. Sie musste wissen, was mit ihr passiert wäre, wenn

Ben bzw. Little Ben sie nicht gewarnt hätte. Sie musste es hören.

„…dann hat er ihr die Kehle durchgeschnitten und sie ausbluten lassen. In der Badewanne. Herrgott Olivia, können Sie jetzt bitte kommen?"

„Ich bin in 30 Minuten bei Ihnen. Danke, Chief."

Ohne auf eine Antwort zu warten legte sie auf. Anna stand kreidebleich hinter hier.

„Es ging um Mrs. Margle richtig? Soviel konnte ich hören."

Olivia nickte. *„Ich muss noch einmal zu Chief Harper."*

„Würdest du auf Little Ben aufpassen? Er hat seine Milch bekommen und schläft jetzt erst einmal."

„Natürlich Schwesterherz. Mach ich!"

Als die beiden sich umarmten, konnte Olivia einen Lkw vorbeifahren sehen, der große, bunte Metallteile transportierte. Dann folgten Wohnwägen, Imbissbuden und dergleichen.

„Der Jahrmarkt zieht weiter", murmelte Olivia.

„Ja, nächstes Jahr gehen wir mit Ben. Dann kann er schon auf dem Karussell fahren", sagte Anna.

Als letztes fuhr ein rostiger, grauer Citroen mit einem großen Anhänger vorbei, auf dem viele bunte Süßigkeiten abgebildet waren. Auf dem Fahrersitz saß ein großer, hagerer Mann, mit auffallend vielen Zähnen. Olivia beachtete ihn nicht und konnte somit auch den provisorischen Verband nicht sehen, der sein linkes Auge verdeckte. Sie blickte wie gebannt auf den Hänger. Dieser farbentolle Verkaufsstand, vor dem sie vor einer Woche noch gemeinsam in die Welt der Süßwaren eintauchten. Sie dachte an die bunten Lichter, die Luftballons, an den Duft des Popcorns und der Zuckerwatte und sie dachte an das Riesenrad. An diesen wunderschönen Moment und wie Bens Augen geleuchtet hatten, als ihnen die Welt zu Füßen lag. Dieser letzte Kuss, von dem sie nun wusste, dass es ein Abschiedskuss war. Eine Geste der Liebe, die das Kapitel ihrer gemeinsamen Zeit zum Abschluss brachte. Und dann musste sie kurz schmunzeln, als sie sich daran erinnerte, wie eifersüchtig Ben doch auf diesen dünnen Typen hinter der Verkaufstheke gewesen war.

Bevor der kunterbunte Wagen um die Ecke bog, konnte Olivia noch das Werbeschild erkennen, das über dem Nummernschild prangerte.

„Der Jahrmarkt für Groß und Klein – Wir sehen uns im nächsten Jahr."

.

Nachwort

Lieber Leser,

ich möchte mich bedanken, dass Sie sich die Zeit für meine kleine Geschichte genommen haben, denn Zeit ist rar gesät, was auch Ben und Olivia leidvoll erfahren mussten. Wer weiß, ob nicht vielleicht jetzt in diesem Moment, in dem sie meine letzten Zeilen lesen, sich ein Herzinfarkt in ihrer Pumpe anbahnt. Oder sitzen sie gerade im Zug? Hoffentlich hat der Lokführer heute keinen schlechten Tag. Wir wissen nicht, was Morgen, in der nächsten Stunde oder gar in den nächsten Sekunden passieren wird und genau deshalb ist Zeit so unheimlich kostbar. Manchmal vergessen wir das aber in der Hitze des Alltagsgefechts.

Wenn Sie gerade nicht in ihren Kindle oder in das Tablet schauen, sondern das Buch in Händen halten, dann haben sie dieses höchstwahrscheinlich auch käuflich erworben, für das ich mich abermals herzlich bedanken möchte. Ursprünglich war „Little Ben" auf Grund seiner Kürze als reine E-Book Version geplant. Doch bin ich selbst ein Mensch, der – wie auch in der Musik – gern physische Kunst kauft (ob man von meiner Kurzgeschichte nun von Kunst sprechen kann, überlasse ich ganz Ihnen), was mich letztlich dazu gebracht hat, beide Varianten anzubieten.

Vielen Dank an meine liebe Jessi, die sich – wie schon bei meinem Debut „Noita" auf Fehlersuche begeben hat und somit etwas von ihrer kostbaren Zeit für „Little Ben" geopfert hat.

Ein großes Dankeschön an meinen alten Freund Michi, der mit seiner ganz eigenen Interpretation, diese tollen Illustrationen kreiert und meiner Geschichte somit das Sahnehäubchen verpasst hat.

Ich hoffe, Sie hatten beim Lesen genauso viel Freude wie ich beim Schreiben.

Bis zum nächsten Mal!

Patrick Zarske

04.10.2018

Autor:
Patrick Zarske
Wohnhaft im Landkreis Coburg
Sozialpädagoge

Bereits erschienen:
 Noita: ISBN-10: 3746069203
Verlag: Books on Demand; Auflage: 1